DU MÊME AUTEUR

Aux éditions Casterman
Mon meilleur ami
Prix des Incorruptibles 1999
Les amoureux de Léonie
Prix de la lecture à deux voix 1998
Réponds-moi quand je t'écris !
Prix Diablotins Nogent-sur-Oise 2002

Aux éditions Actes Sud
Poings de côté

Aux éditions Bayard
Le cahier d'amour

Aux éditions Nathan
Drôle d'endroit pour des vacances
Pique et pique école et drame
Ma vie c'est pas de la tarte

HUMOUR

JO HOESTLANDT

Les amoureux de Léonie

ILLUSTRÉ PAR SOPHIE TOUSSAINT

casterman

ROMANS

1

C'EST LE JOUR où ma sœur s'est mariée que j'ai réalisé que je l'aimais...
Ma sœur Léonie a vingt ans. Elle m'appelle Lou, parce que je m'appelle Louise. Le plus souvent, elle ne s'occupe pas plus de moi que d'une vieille chaussette. Mais parfois, quand elle se sent seule, quand elle se sent triste, elle me couvre de bisous. Ça ne m'amuse pas beaucoup, mais je me laisse faire parce que j'ai pas mal de choses à me faire pardonner.
Léonie est belle. Là-dessus, Jérôme, mon frère jumeau, et moi, on est d'accord. Elle est grande, brune, elle a des yeux très bleus... Elle ressemble à maman, qui est belle aussi.
Moi, je ne leur ressemble pas. Tout le monde

s'accorde pour dire qu'on ne voit vraiment pas à qui je ressemble. À une grand-tante peut-être, dont personne n'a pu me montrer une seule photo – et si on n'en a pas gardé, ça veut tout dire...

Je suis déjà très grande pour mes onze ans. J'ai poussé tout en hauteur, comme dit maman. Pas besoin de me radiographier pour voir mon squelette ; dans la série « en chair et en os », moi, je suis l'os ! J'ai des taches de rousseur plein la figure, les dents en avant ou en arrière mais jamais perpendiculaires à la mâchoire, les yeux et les cheveux d'une couleur bizarre, entre le vert, le brun et le jaune.

Maman, pour me consoler, dit qu'ils sont d'une couleur poétique. Genre feuille d'automne. Quand il est dans un de ses bons jours, Jérôme, mon jumeau qui ne pense qu'à s'empiffrer, déclare que j'ai « les yeux et les cheveux couleur crème caramel ».

Moi, les jours où je suis de mauvais poil, c'est-à-dire la plupart du temps, je me regarde d'un œil froid dans la glace et j'admets alors la triste réalité : j'ai les yeux et les cheveux couleur de caca de chien, un point c'est tout. Quand maman me voit me regarder tristement dans la glace, ça l'énerve. Elle me dit :

— Qu'est-ce que tu fabriques encore comme ça devant la glace, à te regarder avec des yeux de merlan frit ?...

Je murmure :
— Je ne me trouve pas belle...
Maman soupire :
— Tu es à l'âge ingrat. Tout le monde passe par là. Il faut attendre un peu. Et puis, pense un peu à autre chose ! La beauté ! La beauté ! Ça ne se mange pas en salade ! Il y a tant d'autres choses qui comptent dans la vie : la gentillesse, le charme, l'intelligence, la finesse, l'humour... Et tout ça, ça s'apprend, ma cocotte...

Et voilà ! Encore plein de trucs à apprendre. Comme si je n'avais pas déjà assez de travail. Ça aurait tout de même été beaucoup plus simple d'être belle tout de suite, là, comme ça, sans rien avoir à faire, comme Léonie. Léonie a toujours été belle. C'était un beau bébé, une belle petite fille, c'est une belle jeune fille ; et elle sera sans doute une femme superbe et une grand-mère admirable, rien que pour m'embêter jusqu'à la tombe.

C'est pour ça que, depuis toujours, plein de garçons téléphonent ou écrivent à Léonie.
Et jamais à moi.
Toute la journée, qu'elle soit là ou pas, le téléphone sonne pour Léonie. Jérôme et moi on est là, comme deux pauvres chiens ; on court après Léonie comme après la baballe pour la ramener au téléphone. Voilà, mission accomplie : « Attendez, je vous la passe... », « Léonie, c'est pour toi... » Et personne ne nous dit jamais merci.
Léonie attrape le téléphone à deux mains et murmure « allô » d'une voix très douce d'hôtesse de l'air tout en nous lançant, à Jérôme et moi, un regard de tueuse qui signifie à n'en pas douter : « Si vous écoutez ce que je dis, je vous bousille, je vous liquide, je vous zigouille. Compris ? »
Car c'est un autre aspect de Léonie qui nous énerve passablement, Jérôme et moi : tout ce qu'elle fait, tout ce qu'elle dit, elle s'arrange pour faire croire que c'est archi-secret. Elle agit en catimini, vit sa vie de mystère en

cachotterie, sorte de passager clandestin dans le bateau familial.
Je dis à Jérôme : « Je m'en fiche, je les connais ses secrets », et Jérôme ajoute : « Moi aussi. »
Ça m'étonnerait qu'il en sache autant que moi sur Léonie. Parce que je suis une fille, tout de même, et donc plus apte que lui à percer les petits secrets féminins. Mais il se peut que Jérôme en sache plus que ce que je crois.

Depuis le soir où je l'ai retrouvé, accroupi dans mon placard à vêtements et me regardant par la porte entrebâillée pendant que je me déshabillais, j'ai peur qu'il ne soit capable de tout.

Si je dis que je connais les secrets de Léonie, ce n'est pas pour faire la maligne. C'est que, comme je vous l'avouais tout à l'heure, je ne suis pas un ange ; j'ai des choses à me faire pardonner. En particulier le fait que, dès que Léonie n'est pas là, je vais fouiller sa chambre. Et je fouille tout. Parce que je ne sais pas vraiment ce que je cherche. Je fouille son bureau, son armoire, ses poches ; je regarde même sous son lit pour voir si elle n'y cache pas quelque chose.

Je fais très attention de ne rien déranger, encore que, parfois, cette conscience professionnelle me semble superflue vu le capharnaüm qui règne dans la chambre de Léonie. Mais tout de même, on ne sait jamais. Si je lève un livre pour voir ce qu'il y a dessous, je le repose très exactement où je l'ai pris, même si c'est sur la petite culotte qui traînait près du lit. J'ouvre son armoire, je compte ses pulls (elle en a quatorze). J'essaie ses chaussures à talons, j'enfile ses chemisiers, je passe ses soutiens-gorge par-dessus mes tee-shirts, je renifle ses parfums, je me coiffe avec sa brosse à cheveux, j'ouvre ses livres et ses cahiers, et surtout... je lis tout son courrier.

2

DONC, je lis son courrier. Pourquoi ? Parce que. Pour connaître sa vie. Et la vie des autres. C'est cela. Parce que son courrier me donne des signes de vie. Et c'est comme ça qu'un jour, tout dans ma vie a changé...
La plupart du temps, le courrier de Léonie n'a rien d'intéressant. Je le lis et je me dis « ce qu'elle est bête, la copine de Léonie, et ce qu'elle est bête, Léonie, d'avoir une copine aussi bête que celle-là ». Et je les méprise toutes les deux souverainement. Ça me fait un bien fou d'avoir quelques bonnes raisons de mépriser Léonie.
Son courrier est du genre : « Salut, comment tu vas ? Moi, ça va ! Je suis chez ma grand-

mère. Je ne te dis pas comme je m'emm... »
Pas la peine d'avoir plus de vingt ans pour écrire comme si on en avait douze.
Heureusement, je trouve parfois du courrier beaucoup plus intéressant. Comme celui d'une certaine Muriel qui écrivait à Léonie, juste après l'été :
« Depuis que Khaleb m'a quittée, la vie me semble sordide. Les rues que j'aimais me semblent sombres, sales. Tous les charmants petits bistrots de nos rendez-vous ne sont plus que des lieux de bruit et de fumée. Notre petite chambre n'est plus au septième ciel, mais au cinquième étage sans ascenseur. Khaleb a emporté avec lui toutes les couleurs de ma vie... »
Cette lettre-là, je l'ai relue des dizaines de fois. Je trouvais que cette Muriel était une vraie écrivain. Comment ce Khaleb avait-il pu quitter une fille aussi amoureuse, aussi sensible, aussi poète ? Chaque fois que je relisais la lettre de cette Muriel, mon cœur se serrait pour elle. La lettre était datée du 6 sep-

tembre. Quand on fut fin septembre, je me demandai si elle avait un peu surmonté sa douleur à présent. Ou Khaleb était-il revenu dans leur petite chambre au septième ciel ? Je brûlais d'en avoir le cœur net.

Un jour, n'y tenant plus, j'ai demandé à Léonie d'un ton négligent :

— Elle va bien, ton amie Muriel ?

Léonie a levé les sourcils d'un air interrogateur :

— Très bien, pourquoi ? m'a-t-elle répondu. Quelqu'un t'a chargée de faire une enquête sur la santé des gens du quartier ?

J'ai haussé les épaules ; j'ai murmuré :

— Je me demandais, c'est tout. Elle ne vient plus à la maison, alors...

Léonie a répondu :

— Elle n'est jamais venue à la maison. Je me demande même comment tu la connais...

Je me suis dépêchée d'aller dans ma chambre. Si Léonie commençait à soupçonner quelque chose, ça allait sentir le roussi pour moi...

En tout cas, Muriel ne s'était pas suicidée. Son

Khaleb était revenu, ou elle l'avait oublié et un autre prince charmant gravissait maintenant les escaliers de sa tour de HLM comme les chevaliers les tours d'antan... ça me décevait un peu. À qui, à quoi allais-je donc pouvoir rêver maintenant ?

C'est alors que le destin, compatissant, a mis, pour me changer la vie, une autre lettre sur mon chemin...

La lettre qui a changé ma vie, c'est celle d'Irn Lessing. Celle-là, je l'ai trouvée dans le dictionnaire d'anglais de Léonie. Jusque-là, je ne m'étais guère intéressée aux dictionnaires, ni anglais, ni français. Je venais de fouiller sans grand entrain la chambre de ma sœur, car je ne comptais pas y trouver grand-chose de plus que la semaine précédente. Les coups de téléphone s'étaient succédé pour Léonie avec leur recrudescence habituelle du week-end. Probablement qu'on lui avait tout dit au téléphone. D'autre part, il y avait peu de raisons qu'elle ait reçu du courrier. Ce n'était ni sa fête, ni son anniversaire, ni le nouvel an, et les vacances

étaient déjà un peu loin. J'ai ouvert le dictionnaire d'anglais comme ça, par désœuvrement, pour voir s'il y avait des gros mots en anglais dedans. Savoir des gros mots en anglais, ça épaterait peut-être Jérôme. Peut-être même, m'étais-je dit, que je pourrais les essayer sur Léonie sans me faire immédiatement rappeler à l'ordre par les parents...

Je n'ai pas eu le temps de chercher vraiment. Une lettre que je n'avais encore jamais vue, jamais lue, est tombée du dictionnaire. Quel bonheur ! Voilà qui allait sauver ma soirée !

Ça venait d'Écosse (de Stirling), et d'un certain Irn Lessing. L'enveloppe était décorée de timbres superbes et la lettre était écrite sur du papier très fin... mais en anglais, zut !

Je n'avais que quelques semaines d'anglais derrière moi. Allais-je y comprendre quelque chose ? D'ailleurs le fait que cette lettre se trouve dans le dictionnaire d'anglais de Léonie ne présageait-il pas que ma sœur elle-même avait dû avoir recours au dictionnaire pour la déchiffrer ?

Je me lançai fébrilement dans la lecture de cette lettre *so british !*

My dear Léonie,
Put your head on my shoulder...

Ma chère Léonie, posez votre tête sur mon... sur ma... Ça commençait fort ! Où cet Écossais demandait-il à ma sœur de poser sa tête ? Sur son oreiller peut-être. J'en étais tout alléchée à l'avance.

Je commençais de chercher « *shoulder* » dans le dictionnaire lorsque maman a surgi comme un diable.

Elle m'a flanqué une peur bleue. Elle m'a hypnotisée du regard. Je me suis sentie comme une souris traquée par l'œil du chat.

— Que fais-tu dans la chambre de Léonie ? m'a-t-elle demandé.

Gloups. Que dire ? La vérité ? Enfin, une partie de la vérité... Je balbutiai :

— Je fais de l'anglais, maman. Je cherche un mot dans son dictionnaire d'anglais...

Le visage de maman s'est éclairé d'un coup, coup de soleil imprévisible au cœur de la tempête.

— C'est bien, ça, ma bichette. Et quel mot cherches-tu ?

Comme ça ne me paraissait pas trop compromettant, j'ai avoué :

— *Shoulder.*

— Épaule ! a triomphé maman. Ça signifie épaule ! Ton professeur t'a demandé d'apprendre toutes les parties du corps, je suppose ?

— Oui, c'est ça, ai-je répondu pour avoir la paix.

— Ça n'est pas une mauvaise idée, a enchaîné maman. Et puisque tu aimes bien chercher des mots dans le dictionnaire, ça me donne une idée de cadeau pour ton anniversaire, mon p'tit Lou...

J'avais gagné ! Moi qui voulais demander deux CD absolument géniaux, j'allais me retrouver avec un dico d'anglais. Tout ça à cause de cette andouille d'Irn machin qui ne s'était sans doute pas douté des conséquences fâcheuses que sa lettre à Léonie allait avoir sur ma fête d'anniversaire.

— Allez, va finir ton devoir dans ta chambre maintenant, m'a demandé maman. Si Léonie te trouve dans sa chambre, ça fera tout un drame.

Je n'ai eu que le temps de reglisser vite fait bien fait la lettre d'Irn dans le dictionnaire et je suis retournée dans ma chambre, docile comme un agneau.

Là, j'ai noté la phrase pour ne pas l'oublier.

« Dear Léonie, put your head on my shoulder. »

Chère Léonie, posez la tête sur mon épaule...

Ça commençait bien. Une vraie lettre d'amour. D'accord, elle était écrite à Léonie, mais c'était tout de même la première vraie lettre d'amour de ma vie.

3

J'AI EU cependant bien du mal à pouvoir lire la suite. En effet, le soir même, maman a raconté à table, devant toute la famille, qu'elle m'avait surprise en flagrant délit d'investigations dans le dictionnaire d'anglais de Léonie.

Si papa a semblé aussi satisfait que maman, Jérôme m'a regardée d'un air incrédule, et Léonie m'a lancé un regard assez méfiant. J'ai essayé de garder l'air innocent... Mais le lendemain, quand je suis retournée, le cœur battant, dans la chambre de Léonie, DAMNED ! la lettre d'Écosse avait disparu du dictionnaire d'anglais. Ma finaude de sœur avait pris ses précautions.

Ce que Léonie ignorait, c'est que j'étais un fabuleux détective qui cachait toute sa finesse, toute son astuce, sous l'apparence d'une gamine banale. Je connaissais sa chambre comme ma poche, et ma sœur comme... ma sœur, par cœur. Je savais qu'elle n'avait aucune imagination et qu'elle était toujours en retard. De sorte que, pressée, elle n'avait pas dû cacher sa lettre bien loin. Je soulevai deux ou trois trucs sur son bureau. Rien. Plus romantique, sous son oreiller. Rien. Elle l'avait peut-être emportée, pliée en quatre dans son soutien-gorge, contre son cœur... Moi c'est ce que je ferai, si je reçois un jour une lettre d'amour, et si j'ai enfin assez de poitrine pour porter un soutien-gorge !
J'ai jeté un coup d'œil dans sa poubelle, à tout hasard. Pas de courrier ; des cotons à démaquiller, des feuilles de cours de fac et, plus bizarre, un prospectus sur le musée de l'Armée ! J'allais renoncer quand j'ai eu une brusque illumination. Son jean ! Elle l'avait peut-être tout simplement mise dans la poche du jean

qu'elle portait hier soir en se disant qu'elle verrait bien demain où la cacher...
Exact ! La lettre était là, avec ses timbres d'Écosse et le prénom quasiment imprononçable de son expéditeur, Irn...
J'ai ouvert l'enveloppe fébrilement pour lire la suite... *on my shoulder and let me put my arms around you...*
« ... et laissez-moi poser mes armes tout autour de vous... »
Je me suis arrêtée, éblouie. Highlander ! Merveille des merveilles ! Un chevalier écossais, immortel peut-être, est tombé amoureux fou de ma sœur et, en signe d'allégeance, il lui écrit qu'il va déposer ses armes à ses pieds, tout autour d'elle... Un cercle de métal pur, bronze, or et argent... Un cercle magique où il la gardera, à l'abri des sots et des méchants...
Chapeau, Léonie ! Ce soir-là, j'ai ressenti pour elle un respect infini... Ça n'était sûrement pas moi qui inspirerais jamais, à qui que ce soit, un amour aussi fabuleusement romanesque... Il y avait encore une petite phrase :

I'll come back. « Je reviendrai » ; normal pour un immortel. Manque de chance, il ne disait pas quand. Il allait falloir que je guette chaque jour le courrier arrivant à la maison.

J'ai replié la lettre d'Irn Lessing avec d'infinies précautions et l'ai remise dans la poche de Léonie avec d'infinis regrets. J'aurais tellement aimé la garder pour moi...

Les nuits suivantes, je me suis endormie, béate, rêvant d'un chevalier écossais entourant Léonie de glaives, de poignards, d'épées, de sabres et de lances, et ma sœur, émue, posant sa tête confiante sur la large épaule de son amoureux... Parfois, j'étais aussi dans le rêve. Je me tenais au bord du cercle brillant des armes... Je voulais les rejoindre, je pleurais, je cherchais l'entrée mais personne ne m'aidait. Je me réveillais en sueur, le cœur lourd...

J'attendais d'autres lettres d'Écosse mais rien n'est arrivé. Du moins rien que j'aie pu intercepter. Chaque jour, je guettais des signes d'impatience sur le visage de Léonie quand je disais négligemment : « Qu'est-ce qu'il y avait

au courrier, aujourd'hui ? » Mais elle restait impassible ; royale, elle répondait : « Rien qui vaille la peine... » Elle ne savait pas à quel point elle avait raison... Mais moi, je le savais...
Aux vacances de la Toussaint, j'avais reçu une carte de Michael, un copain de classe. Il m'écrivait : « Comment vas-tu Loupiotte ? Ha ha ! Moi, ça vate et toi ça vane ? À bientôt-boggan-de toilette... »
Est-ce qu'une lettre comme celle-là valait la peine d'être gardée pliée en quatre dans mon futur soutien-gorge ? Ce n'était pas demain la

veille que je trouverais un amoureux aux talents épistolaires comparables à ceux d'Irn Lessing, Stirling, Écosse... Pourquoi, mais pourquoi, mon Dieu, est-ce que mes copains à moi ne sont jamais que des crétins ?

Le temps a passé encore un peu, sans se presser. On allait bientôt être à Noël.

J'ai pensé que, sans doute, Irn Lessing de Stirling en Écosse enverrait ses vœux à Léonie à Paris en France et que j'aurais enfin, d'ici quelques jours, une autre lettre à me mettre sous la dent...

Toute à mon attente, je n'avais pas remarqué que ma sœur faisait des choses bizarres.

Un dimanche, elle a déclaré qu'elle allait visiter le musée de l'Armée. Jérôme l'a suppliée de l'emmener avec lui, mais elle a refusé tout net en disant qu'elle n'y allait pas seule et qu'il encombrerait tout le monde.

— Mais non, a dit Jérôme, je n'encombrerai pas. Au contraire, moi je connais le nom de presque toutes les armes, je pourrai tout vous expliquer. Vous, les filles, vous n'y connaissez rien du tout...

— J'y vais avec quelqu'un qui s'y connaît mille fois plus que toi, mon p'tit bonhomme, a répliqué Léonie avec hauteur.

Jérôme a haussé les épaules en disant :

— Ça m'étonnerait...

Mon cœur avait fait un bond dans ma poitrine. Irn était-il arrivé en France et avait-il décidé de commencer l'éducation guerrière de Léonie ? J'ai demandé négligemment :

— Tu y vas avec qui ?

Elle a répondu, les yeux baissés :

— Oh, avec JD... Tu ne connais pas...

Du moment que ce n'était pas Irn, je m'en fichais royalement. J'avais tort... Elle est revenue enthousiasmée et n'a plus parlé que de cette visite au musée de l'Armée, au grand étonnement de toute la famille.

— Savez vous ce que JD m'a raconté sur l'escopette ? disait-elle en pouffant de rire comme une gamine de cinq ans. On l'appelle comme ça parce que quand on tire avec, ELLE PÈTE !

— Je le savais, a répondu Jérôme d'un ton lugubre.
Mais Léonie ne se laissait pas décontenancer :
— JD m'a raconté aussi que les pistolets n'ont pas été inventés par les cow-boys en Amérique, mais qu'ils viennent d'une ville de Toscane en Italie qui s'appelait Pistoia, tu le savais, ça aussi, Jérôme ?
— Je ne le savais pas, mais je m'en fous, lui a répondu Jérôme, décidément bien hargneux.
Moi, bêtement, je pensais que ce qui était important dans tout cela, c'était qu'elle commençait à s'intéresser aux armes et que, quand Irn débarquerait d'Écosse, ma sœur saurait tout sur l'arsenal qu'il déposerait à ses pieds.
J'avais tout faux. Ce qui était important dans ce que Léonie nous racontait, ce n'étaient pas les armes. C'était JD...

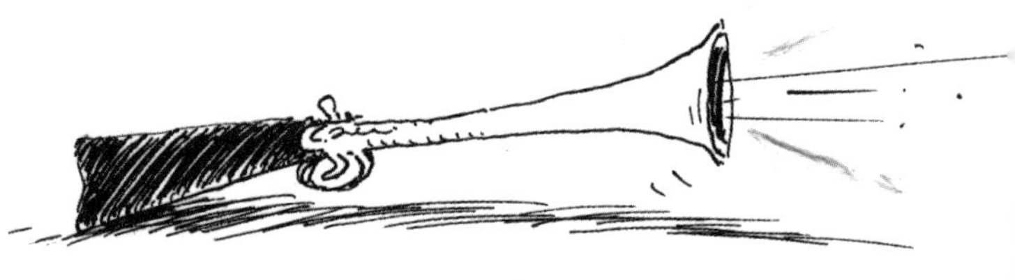

4

IL EXISTE des gens tellement ordinaires que ça en devient tout à fait extraordinaire. Prenez Jean Dupont, dit JD, enfin, quand je dis « prenez-le », c'est une façon de parler. Vous ne sauriez sans doute quoi en faire. Et de toute façon, ça y est, il est pris. Léonie en est la propriétaire.

Jean Dupont se fait appeler JD pour avoir l'air un peu plus original que son nom ne l'indique. Comment vous le décrire ? Il est moyen de partout. Moyennement grand, ni gros ni maigre, ni blond ni brun, ni beau ni moche, ni pauvre ni riche. Si on était chien, on pourrait lui pisser dessus par distraction tellement il n'a rien de plus remarquable

qu'un poteau ! Mais « il a de l'avenir », dit maman.
Il est polytechnicien. Ça n'a rien à voir avec technicien, parce qu'il ne sait rien faire de ses dix doigts. Pas foutu de réparer ni le magnétoscope, ni la porte du placard. Il s'est même coupé avec l'ouvre-boîtes en décapsulant la boîte de Ronron du chat ! Rien dans les mains, mais tout dans la tête. Un cerveau brillant, un encéphale total porté par un corps d'apparence humaine.
Léonie l'a rencontré chez des amis. Elle nous a dit ensuite: « Il n'avait l'air de rien, mais j'ai bien vu qu'il n'en pensait pas moins. Il est hyper-intelligent. Il sait tout sur tout. C'est extraordinaire, à ses côtés, on a l'impression de devenir très intelligent soi-même... »
Comme Léonie n'avait jamais beaucoup travaillé en classe, je me suis dit qu'elle voulait rattraper le temps perdu, prendre des cours du soir. Non seulement ma sœur était belle, mais elle allait devenir intelligente, comme ça, sans même travailler, par osmose, rien

qu'en buvant les paroles de ce JD omniscient, alors que pour un moindre résultat, moi, je devais passer six heures par jour en classe ! La vie est d'une injustice parfois...
JD a commencé à venir dîner à la maison. Il parlait de tout, de politique par exemple. « Le ministre des Finances, disait-il, vient de faire une grosse bêtise en prenant cette mesure fiscale. » Léonie en avait honte pour le ministre. Quel imbécile celui-là ! Ah, ce n'était pas JD qui aurait pris ce genre de mesure idiote. Si on l'avait consulté au moins. Mais non ! Le ministre des Finances faisait ses réformes dans le dos de JD ! Et on s'étonnait que ça rate ! JD parlait aussi littérature : « Le dernier livre de Béhachelle m'a déçu... »

Et il faisait la moue. Caca, le bouquin de Béhachelle. « Pourquoi ? » demandait papa, légèrement perfide.
Léonie prenait un air furieux. Quel besoin avait papa d'aller chercher des poux dans les belles phrases de son idole ?
JD perçait Léonie du regard et nous assenait : « Il y a des choses qui ne s'expliquent pas mais qui se sentent... » Léonie rougissait sous le regard de JD qui reprenait de la mousse au chocolat pour la troisième fois, et moi, sans savoir pourquoi, je sentais que je ne pourrais jamais aimer un type comme ça. JD avait au moins raison sur un point : il y a des choses qui se sentent mais ne s'expliquent pas.
Léonie le buvait des yeux ; elle lui souriait comme s'il était Pasteur et Kennedy à la fois... Je me disais : « Ce n'est pas possible ! Elle ne va pas tomber amoureuse de ce raseur-là ! » Je priais pour qu'une autre lettre d'Écosse vienne lui ouvrir les yeux, ou qu'Irn arrive de Stirling *with all his arms* pour que ce satané JD fasse moins le malin.

Un samedi, ça a été le bouquet (si je puis dire). Léonie nous a empêchés, Jérôme et moi, de regarder notre feuilleton préféré sous prétexte que JD lui avait conseillé de regarder un documentaire sur LE SEXE DES FLEURS. J'ai ricané ouvertement: le sexe des fleurs! S'il voulait lui parler sexe, JD aurait pu trouver un autre prétexte! Mais Léonie nous a fait les gros yeux. Elle a dit qu'on était trop jeunes pour comprendre et s'est extasiée toute une heure sur la splendeur des images. Jérôme était resté à côté d'elle et faisait ses commentaires.

— Oh, le ravissant velouté de ce pétale! se pâmait Léonie.
— On dirait que la fleur nous tire la langue, plaisantait Jérôme.

— Et cette tige à la grâce aérienne… s'émerveillait Léonie.

— Grâce à qui ? Grâce à Érienne ? Qui c'est ça : Érienne ? Ça ne me dit rien…

— C'est extraordinaire qu'il y ait tant d'amour, même dans la nature, soupirait Léonie qui faisait semblant de ne pas entendre les plaisanteries vaseuses de Jérôme.

— Et attends, a ricané Jérôme, tu n'as pas encore vu le clou de l'émission, quand les bourdons enfilent leur préservatif !

J'ai éclaté de rire mais Léonie est devenue rouge de colère.

— Décidément, a-t-elle dit, s'il y a quelque chose qui ne change pas, c'est bien la bêtise des enfants de votre âge ! Je sais bien qu'il n'y a rien à faire, mais on n'est tout de même pas obligés de vous écouter.

Elle a éteint la télé et elle est sortie de la pièce, raide comme un I majuscule.

Jérôme a dit :

— Ouf, on va pouvoir retourner à notre feuilleton.

Manque de chance, il était fini. Alors on a regardé en cachette la fin de l'émission sur le sexe des fleurs. Finalement, Léonie avait raison : c'est fou qu'il y ait autant d'amour partout, dans l'air, dans l'eau et sur la Terre...

5

Un soir, cependant, Léonie a été magnifique. JD avait décidé de l'emmener au bal de Polytechnique. C'est un bal extraordinaire où toutes les filles doivent faire semblant d'être des princesses et dansent dans une immense salle, décorée comme si c'était Noël. Il fallait à Léonie une très belle robe longue. Maman et Léonie n'ont parlé que de cela pendant des jours. C'est fou tout ce qu'il fallait faire absolument, même pour Léonie qui a toujours été belle. Alors je ne vous dis pas ce que ça doit être pour une fille moche comme moi...

Il fallait aller chez le coiffeur, se faire épiler les jambes, les aisselles, les sourcils, se faire

maquiller, se mettre du parfum ici et là, et un collier comme ci mais pas comme ça, et des boucles d'oreilles longues comme ci, etc.
Je n'en revenais pas que Léonie fasse tout cela pour un garçon aussi ordinaire que JD ! Passe encore si ça avait été pour Irn arrivé d'Écosse avec son kilt, sa cornemuse, les armes à la main. Là, j'aurais compris qu'elle se mette dans tous ses états. Mais pour JD, ça me dépassait. Le soir du bal, quand ça a sonné à la porte, Léonie a hurlé :

— Lou, va ouvrir à JD !
Pour une fois que je pouvais regarder mon feuilleton préféré sans que Léonie ne s'en mêle, je ne me suis pas pressée. La sonnette a retenti une seconde fois.

— Lou ! a hurlé ma sœur qui semblait au bord de la crise de nerfs.

Je suis allée ouvrir en râlant. Là, j'ai eu un coup au cœur. Sur le paillasson, bien raide, se tenait... UN POMPIER. Un instant, j'ai cru qu'il y avait le feu quelque part, ou que quelqu'un avait eu un accident. JD peut-être. En un éclair, j'ai pensé à son enterrement, à la gerbe de fleurs déposée par le ministre des Finances...

— Bonsoir, p'tit Lou, a dit le pompier en entrant.

Alors j'ai soupiré et je l'ai laissé entrer. C'était JD, l'air encore plus nul que d'habitude dans son uniforme de pompier... Tout de même, je me suis demandé si Léonie savait que JD s'était déguisé. Il valait peut-être mieux aller la prévenir... Je me suis précipitée dans la chambre où Léonie achevait de s'asperger de parfum dans des endroits complètement absurdes, comme le creux du bras ou derrière le genou (je me demandais bien au cours de quelle danse JD se mettrait à quatre pattes pour aller renifler derrière le genou de ma sœur !). J'ai balbutié :
— Léonie, il y a un problème. JD est déguisé en pompier...
Léonie m'a regardée comme si je parlais chinois. Elle m'a plantée là et elle est descendue, belle comme une reine, tenant sa robe d'une main et la rampe de l'autre pour éviter de se prendre les pieds dans l'ourlet et d'arriver sur le cul devant son pompier tout feu tout flamme. Je regardais le tableau du haut de l'escalier. Tout s'est bien passé pour Léonie et

elle est arrivée en bas aussi belle que Sissi devant l'empereur d'Autriche. Alors elle a dit :
— Oh, JD ! tu es magnifique dans ton uniforme de polytechnicien !
Et elle l'a embrassé sur la bouche.
JD a susurré :
— Et toi, tu es ma belle de nuit.

Et parce qu'il ne peut jamais s'arrêter, il lui a expliqué :

— C'est le nom qu'on donne au mirabilis, une fleur qui ne s'ouvre que le soir...

— Merci, a chuchoté Léonie.

Jérôme, maman et moi, on regardait le spectacle comme à la télé. On attendait la suite. Mais on en a été pour nos frais. Ils ont ouvert la porte en grand et sont partis dans la nuit noire... jusqu'à la petite auto de JD qui a démarré dans une pétarade beaucoup moins romantique que le carrosse de Sissi l'impératrice tiré par de puissants chevaux blancs...

Toute la soirée, j'ai poussé intérieurement des soupirs à fendre l'âme. Je pensais à la petite

lettre d'Irn pliée en quatre dans la poche du jean de Léonie. C'était bien la peine qu'un type aussi extraordinaire lui écrive de si belles lettres d'amour de son château en Écosse pour aller danser avec une espèce de pompier.

« Put your head on my shoulder, and let me put my arms around you... »

Pauvre Irn. Ce soir, c'est sur l'épaule d'un autre qu'elle posera sa tête, la perfide Léonie, et toutes vos armes n'y pourront rien...

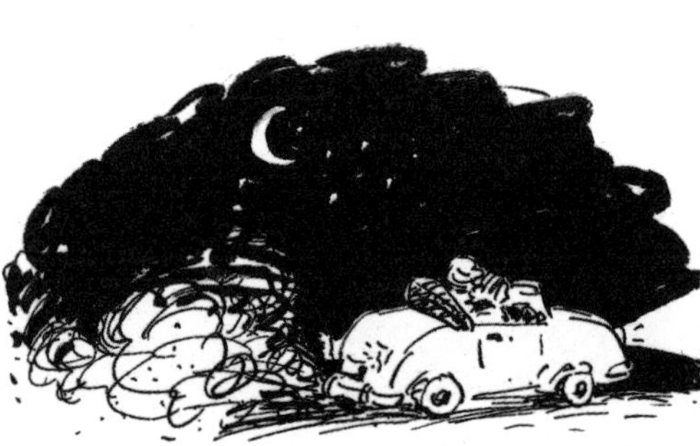

6

À PARTIR de ce jour-là, tout est allé trop vite. Un matin, au petit déjeuner, tandis qu'à la radio on nous annonçait comme tout allait mal partout dans le monde, une guerre par ici, un tyran par là, des enfants battus, pendus, plein de morts dans un tremblement de terre, et même des étoiles qui mouraient dans le ciel, alors qu'on se croyait, nous, bien égoïstement à l'abri, Léonie a lancé sa bombe.

— JD et moi, on va se marier...

Le temps s'est arrêté quelques secondes. Il m'a semblé que même l'aiguille de la pendule hésitait à poursuivre sa promenade quotidienne et que la voix du journaliste à la radio se faisait plus discrète.

— Comment ça ? a demandé papa bêtement.
Léonie a haussé les sourcils, signe qu'il ne faut pas lui marcher sur les pieds, qu'elle n'est pas d'humeur, etc.
Maman a dit en hésitant :
— Ce n'est pas un peu rapide tout de même ?
— Je ne trouve pas, a répondu Léonie, d'un ton qui m'a donné une envie furieuse de lui envoyer une claque !

Moi j'avais envie de hurler :
« Ça ne va pas la tête, tu as vu la tronche de ton JD à côté de celle d'Irn Lessing de Stirling ! » Sauf que je n'avais jamais vu non plus la tronche de cet Écossais. Je repoussais énergiquement l'idée qu'il pouvait être très très moche, pire encore que JD. Pour écrire des lettres comme celle-ci, Irn ne pouvait être

qu'une sorte de Bayard, sans peur et sans reproche ; à la rigueur, il avait la laideur de Cyrano, c'est-à-dire, terriblement séduisante, émouvante, troublante...

Mais à moins de me trahir, je ne pouvais rien dire.

— Avez-vous bien réfléchi ? s'inquiétait papa.

Ah ! ça sûrement ! Pour réfléchir, JD n'avait pas son pareil ! Il ne savait faire que ça !

Devant un problème de maths sur lequel Jérôme séchait : « Voyons Jérôme, réfléchis avec ta tête, pas avec tes fesses ! » (C'était d'une élégance, vraiment !)

Et à moi : « Quelle différence y a-t-il entre un miroir et mademoiselle Lou ? », et il répondait dans la foulée : « Le miroir réfléchit, lui ! », puis son sourire sarcastique achevait complètement de me déconcentrer.

Lui, il réfléchissait sans arrêt. On avait tellement dû le bourrer de phosphore et de magnésium dès le premier biberon que je me demandais s'il ne brillait pas la nuit...

Je croyais entendre la voix d'Irn Lessing de Stirling Écosse qui me suppliait :
« Lou, my dear, help me ! », « Au secours, Lou ! », comme dans la chanson des Beatles.
J'ai suggéré, à tout hasard :
— Pourquoi ne ferait-on pas un petit voyage en Écosse, tous les cinq, pendant les vacances de Pâques ?
Tout le monde m'a regardée d'un air ahuri. Papa s'est carrément fichu en rogne :
— Lou, on parle de choses sérieuses. Léonie nous annonce une nouvelle extrêmement importante. Et toi, au lieu de l'écouter, comme d'habitude, tu...
— Oh, laisse-la papa, l'a interrompu Léonie. Elle est petite, Jérôme aussi, ils ne peuvent pas comprendre. Le plus important pour eux, ce n'est pas mon mariage, mais leurs vacances de Pâques, je comprends cela, a-t-elle conclu d'un air de martyre consentante.
— Dans le fond, a continué maman, ce ne serait pas une mauvaise idée d'envoyer les jumeaux en Angleterre à Pâques puisqu'ils s'in-

téressent à l'anglais maintenant. Ça nous permettrait d'organiser tranquillement le mariage de Léonie pour cet été sans les avoir dans les jambes...

— Ah, non ! a crié Jérôme. Pas question. Moi je ne m'intéresse pas du tout à l'anglais, ni aux Anglais. Je déteste le thé au lait, les *fish and chips* m'écœurent, et je suis un républicain pur sang, le château de la reine si j'y vais, j'y fous le feu !

— Et moi, j'ai dit l'Écosse, pas l'Angleterre, ai-je rouspété, et pas avec Jérôme, avec vous tous ! Avec Léonie aussi... Elle n'aura qu'à se marier après... si elle en a encore envie...

Papa et maman semblaient un peu perdus. Ils ont cherché quelque chose à quoi se raccrocher. Ils ont trouvé très vite : l'heure.

— Oh ! a dit papa à maman. Tu as vu l'heure ? Je me sauve, j'ai une journée terrible et déjà la migraine...

— Vous avez vu l'heure ? a rugi maman. Qu'est-ce que vous faites encore là ? Vous allez rater le bus !

Rater le bus. Je m'en fichais bien. Léonie allait rater sa vie, elle, et ce serait autrement terrible. J'ai résolu de la sauver malgré elle.

7

TOUTE LA JOURNÉE, j'en ai eu gros sur le cœur pour Irn Lessing, là-bas, pauvre chevalier dans la lande écossaise, qui attendait les armes à la main, le couteau entre les dents, de déposer tout son attirail aux pieds de la perfide Léonie pendant qu'elle rêvait de poser sa tête sur l'épaule de JD en regardant à la télé une émission sur le sexe des boutons-d'or ou des papillons...

Le soir, je me suis enfin décidée à mettre Jérôme au courant de la situation.

Je lui ai tout raconté : la lettre dans le dico d'anglais, la *Scottish* épaule sur laquelle ma sœur pouvait poser sa *French* petite tête, les armes qu'Irn proposait de se trimbaler à travers toute l'Écosse rien que pour les déposer en cercle de bronze et d'or tout autour de l'infidèle Léonie.

— Sans blague, disait Jérôme, non, sans blague, répétait-il, aussi impressionné que moi.

— Alors, ai-je conclu, tu comprends bien qu'épouser JD quand on peut avoir un amoureux comme Irn Lessing, c'est un gâchis terrible.

— Sans compter, a continué Jérôme, qu'on pourrait aller faire des farces terribles dans son château hanté, avec des draps sur la tête, aller taquiner à la pêche à la ligne le monstre du Loch Ness – si on l'attrape, Lou, notre fortune est faite – et souffler de la cornemuse aux oreilles des saumons qui remontent les rivières pour les déboussoler...

On a les rêves qu'on peut. Ceux de mon frère Jérôme sont parfois tellement absurdes qu'ils en deviennent poétiques.

Mais, en attendant, que faire ? Alors Jérôme a eu l'idée du siècle, comme dirait M. Pennac.

— On va lui écrire, tous les deux, pour qu'il vienne ici *puter* ses armes tout *around* notre *sister,* OK ?

J'ai balbutié :

— En anglais ?

— *Surely !* s'est exclamé Jérôme qui ne doute jamais de ses capacités même si les profs, eux, ont parfois l'air d'en douter...

À dix-sept heures, on s'est retrouvés dans la chambre de Léonie avec des mines de conspirateurs. On a cherché la lettre d'amour de Léonie. Malheur. Elle n'était ni dans son armoire, ni dans son bureau, ni sous son lit... On ne la trouvait nulle part.

— Elle doit l'avoir sur elle, a conclu Jérôme. Si ça se trouve, en ce moment, elle s'assoit dessus ! Quel malheureux destin pour une si belle lettre d'amour...

J'essayais de me souvenir de Léonie annonçant son prochain mariage.

— Non, ai-je dit à Jérôme, ce matin, elle portait sa jupe noire sexy qui n'a pas de poches. Mais alors où est cette lettre de malheur ?

— Tonnerre ! a gémi Jérôme, c'est aujourd'hui que maman fait la lessive...
Imaginez, si la lettre était dans un vêtement sale... On a bondi dans la salle de bains, fichu en l'air tout le panier de linge sale, retourné toutes les poches de Léonie... On a trouvé un billet de cinquante francs plié en quatre. On

s'est dit qu'on pouvait bien le garder puisqu'on l'avait sauvé. Du coup, on a aussi retourné les poches des vêtements de papa et maman, au cas où... Mais là, pas de bonne surprise, malheureusement... À cause des cinquante francs, on ne pouvait pas dire que

c'était une démarche complètement inutile, mais la lettre d'Irn Lessing restait toujours mystérieusement disparue… En désespoir de cause, j'ai jeté un œil dans la trousse de maquillage. Elle était là ! En piteux état, arrosée d'eau de toilette, tachée de poudres bleues et roses, l'encre un peu délavée, mais c'était bien elle !

— Non, mais ça ne va pas !

Maman venait d'entrer dans la salle de bains et considérait notre gâchis ; on avait envoyé tout le linge par-dessus le panier !

— C'est rien, on range, maman, a dit Jérôme, on avait peur que tu n'aies lavé mon jean, regarde, j'avais laissé mon brouillon d'anglais dedans...

— Ça t'aurait appris à être moins étourdi, a bougonné maman. Remettez-moi tout le linge dans le panier ou ça va barder...

On avait autre chose à faire, mais ce n'était pas le moment de s'attirer une punition. La corvée accomplie, on s'est précipités dans ma chambre. Je tenais la lettre d'Irn contre mon cœur. On s'est mis tout de suite au travail.

— Écris, m'a dit Jérôme.

« *Dear Irn* (Cher Irn),

Thank you for your beautiful letter, but... (Merci pour votre belle lettre, mais...) *come with your arms IMMEDIATELY*... (venez avec vos armes immédiatement). »

On hésitait sur la suite. Finalement, on a signé *Love* (amour), et « L. »...

Ça pouvait signifier Léonie, naturellement, mais Lou aussi... Comme ça, cette lettre devenait un peu la mienne.

Je me sentais tout émue. C'était la première lettre d'amour que j'écrivais.

J'ai dit à Jérôme :

— J'ai envie de rajouter quelques petits cœurs par-ci par-là, pour faire plus amoureux.

— Tu es folle ou quoi, a répondu Jérôme. Ça n'est pas une lettre d'amour, c'est un ULTIMATUM. Comme pour les déclarations de guerre ! On ne met pas des petits cœurs dans les déclarations de guerre, pauvre cloche !

Abasourdie, j'ai relu notre lettre. C'était drôle : Jérôme voyait un ultimatum là où moi je ne lisais qu'une lettre d'amour... Il fallait se résigner à penser que certaines lettres d'amour, peut-être, ressemblaient à des ultimatums... En tout cas, c'était fait. Il ne restait plus qu'à la poster.

On y est allés ensemble. On l'a donnée au guichetier de la Poste. Il a collé un timbre tout moche.
— Trois francs, a-t-il dit.
On s'est regardés, perplexes. Jérôme a dit :
— Vous avez dû vous tromper. Ça doit faire plus cher que ça. Ce n'est pas une lettre pour la France, mais pour l'Écosse, monsieur. Regardez.
— L'Écosse, jeune homme, c'est dans la Communauté européenne. Donc, trois francs.
On n'aurait pas su dire pourquoi mais on était un peu déçus... Le postier avait l'air de prendre cette lettre par-dessus la jambe.
J'ai ajouté, un peu solennelle :
— C'est que c'est une lettre très très importante... On veut être sûrs qu'elle arrive...

— Elle n'arrivera sûrement pas si vous ne me la donnez pas, nous a répondu le postier d'un ton moqueur.

On n'a rien trouvé à dire pour lui rabattre son caquet. C'était énervant mais c'était comme ça.

Alors on lui a laissé notre lettre et on est repartis les mains vides.

— Je me demande si Irn Lessing ouvre ses lettres avec son glaive, a dit Jérôme. En tout cas, *Alea jacta est* comme c'est écrit dans Astérix pour dire quelque chose comme « qui vivra verra ».

Ensuite, la longue attente a commencé.

Ne sachant ce qui allait arriver, on attendait tout et n'importe quoi. Un coup de téléphone d'Écosse. Une lettre de Stirling. Un télégramme d'Irn Lessing. Ou son arrivée, le cœur en bandoulière et les armes à la main. On se précipitait à chaque sonnerie de téléphone, à chaque distribution de courrier, à chaque fois que quelqu'un frappait à la porte... C'était claquant pour tout le monde.

— Qu'est-ce qu'ils ont, les jumeaux ? demandait papa. Des puces ?

Toutes les nuits, je rêvais d'Irn Lessing. Et parfois, miracle, dans mon rêve, c'était tout autour de moi qu'il déposait ses armes. J'allais poser ma tête sur son épaule et... Malheur de malheur, je me réveillais, le cœur encore tout battant de je ne savais quoi, que je cherchais à retrouver dans le rêve suivant et que je ne retrouvais pas.

Devant JD, Jérôme et moi, nous faisions les mystérieux...

— Tu sais manier le sabre, JD ? Ou l'épée ?

— Non, répondait JD surpris, mais je sais manier les idées. En général, et à notre époque, ça sert plus que l'épée, vous savez...

On ricanait ouvertement.

— Pas toujours JD, pas toujours... Même de nos jours, on peut se faire fendre en deux comme une bûche, embrocher comme un vulgaire poulet...

JD haussait les épaules et retournait s'asseoir près de Léonie qui mettait, traîtresse, la tête sur cette épaule bien française sans l'ombre d'un remords.

Mais un jour, c'est arrivé. *Il* a été là. Comme dans mes rêves... Ou presque.

8

C'ÉTAIT un beau dimanche matin ; l'air semblait si doux que je me sentais des fourmis dans les jambes et des sourires me chatouillaient le coin des lèvres... Je me sentais d'humeur à aimer le monde entier !
Quand on a sonné à la porte d'entrée, je suis allée ouvrir sans impatience, la tête ailleurs, bien haut, bien loin, dans les nuages pour tout dire...
Un immense garçon roux, comme moi, et aux yeux aussi indéfinissables que les miens se tenait sur le seuil, à contre-jour.
— Hello ! m'a-t-il déclaré, je suis Irn, cher ami de Léonie. Je suis si désolé de ma si surprenante arrivée...

J'ai balbutié « Hello... Hello... » et je l'ai fait entrer. Il avait un charme étrange avec son drôle d'accent, son regard vif et curieux, son allure singulière, à la fois timide et animée. Je ne me lassais pas de le regarder. Il me sourit. Je lui souris aussi.

— Êtes-vous la petite sœur ? a-t-il demandé ? Celle qui est appelée Loupe ?

Je me suis renfrognée aussitôt. J'ai répondu d'un ton sec :

— Je m'appelle Louise. Lou-i-se. Je vais vous chercher Léonie.

Et j'ai ajouté, perfide :

— Elle est dans sa chambre avec un ami...

Je le lorgnais du coin de l'œil, mais il n'a rien dit. J'ai monté les escaliers à toute allure et appelé Jérôme.

— Jérôme, viens vite, *Il* est là, *Il* est arrivé.

Le visage de Jérôme s'est illuminé.

— Alors ? De quoi a-t-il l'air ? a demandé Jérôme. D'un vrai *Highlander* ? Et ses armes ? Tu les as vues ?

J'ai dû avouer que non. Je n'avais vu que son

visage très gai, ses cheveux très roux, ses yeux très doux... J'ai dit :
— Ses armes, il doit les avoir mises dans son sac à dos. Ou il les a laissées quelque part.
— Mince, a râlé Jérôme. Il faudrait qu'il les sorte pour impressionner JD !
On est redescendus à toute allure. Irn s'était assis dans un des gros fauteuils. Il attendait, serein, souriant, son sac à dos à ses pieds.
Jérôme et moi, on lui a souri aussi.

— Où est ma chère amie que je ne la vois plus ? Je voulais parler en petit morceau avec elle, *please*...

Jérôme s'est mis à toussoter.

— Hum, elle va arriver.

Il a ajouté :

— Elle se fait belle. Elle est avec un ami...

Le visage d'Irn est devenu grave.

— *Yes, I know that.* Oui, je sais ceci ou cela... Elle écrit moi une... lettre...

Jérôme a chuchoté d'un air de conspirateur :

— Je sais, je sais, mais où sont vos armes ?

Irn a ouvert de grands yeux innocents.

Jérôme a répété en anglais.

— *Where are your arms ?*

Alors Irn a éclaté d'un rire joyeux et nous a tendu ses grands bras comme s'il voulait nous serrer tous ensemble sur son cœur.

Comme on le regardait sans comprendre ce qu'il voulait, il s'est mis à agiter ses bras dans tous les sens comme des ailes de moulin à vent en criant : « *Ha ! Ha ! My arms ! My arms ! Ha ! Ha !* » avec tant d'enthousiasme qu'il a manqué de faire tomber par terre le vase de maman dans lequel le bouquet de roses offert par JD trempait depuis des lustres.

Jérôme, perplexe, m'a lancé un regard inquiet qui semblait dire : « Il est un peu dingue, non ? »

Irn s'est brusquement arrêté de s'esclaffer et de battre l'air avec ses grands bras, et il nous a demandé :

— Vous n'avez pas une douce boisson ? Je suis si soif...

J'ai trouvé sa demande très poétique et me suis empressée de lui apporter du jus d'orange. Il l'a avalé d'un trait.

Ensuite il m'a souri. Il me dévisageait gentiment.

— *You look so scottish,* a-t-il murmuré. Tu as l'air si écossaise...

Je crois que j'ai rougi. Je n'osais pas le regarder. Était-ce un compliment ?

C'est alors que Léonie est apparue dans l'escalier, JD sur ses talons. À la vue d'Irn dans le séjour, elle s'est arrêtée si brusquement que JD a failli lui tomber dessus. Léonie a rougi, pâli, rougi encore comme les héroïnes des téléfilms, coupables d'amours interdites, et a murmuré :

— Irn ? C'est toi ? Vraiment ?

— *Yes,* a murmuré Irn. C'est moi. Vraiment moi, en peau et en os.
— Mais, a dit encore Léonie, tu n'as pas reçu ma lettre ?
— Oui, je l'ai reçue les deux, a répondu Irn. La grand une et la petite autre. Après toutes ces sortes de choses, je voulais voir toi...
Irn la regardait gravement. Ensuite, il a regardé JD et dit à voix forte :
— Je suis venu informel pour annoncer que je veux être ton BEST MAN, ton meilleur homme, c'est ça ? et mon poing c'est tout !
J'ai senti mon cœur bondir dans ma poitrine. Je regardais Jérôme. Ses yeux brillaient d'excitation. Le BEST MAN ! Le meilleur homme ! Superman et Highlander réunis ! On y était. JD n'avait qu'à bien se tenir parce que ça allait saigner !
Léonie restait muette de surprise. Mais pas JD qui, à notre stupéfaction, s'est avancé vers Irn le sourire aux lèvres et la main tendue.
En un éclair, je l'ai imaginé les gencives éclatées, le nez en compote, les fesses bottées, les

yeux pochés, mais non. Irn s'est remis à agiter ses grands bras mais ne s'en est servi que pour serrer dans les siennes les mains de JD.

— Merci, a dit JD. Merci beaucoup, vraiment.

Et, se tournant vers Léonie, il a expliqué :

— Ton ami est venu impromptu pour nous annoncer qu'il souhaitait être notre *best man,* c'est-à-dire notre garçon d'honneur.

Léonie a poussé un gros soupir de soulagement. Dans ma poitrine, quelque chose a craqué et je me suis demandé quoi... Qu'avait-on là, si près du cœur ?

J'ai regardé Jérôme. Il avait pris un air renfrogné.

— Dégonflé, a-t-il grogné. Héros de mes fesses, oui !

Irn ne semblait pas avoir entendu. Il continuait :

— Après ayant reçu ta lettre, Léonie, j'avoue que j'ai bien eu un peu de *grief* chagrin et suis senti piteux misérable... mais l'amour n'est pas débatable ni disputable, n'est-ce pas ? Indoutablement...

Léonie a embrassé Irn et a dit :

— Merci beaucoup. *Thank you, Irn...* Je serai heureuse que vous soyez notre *best man... Thank you very much...*

À ce moment-là, papa et maman sont rentrés de leur marché du dimanche matin ; le panier regorgeait de légumes, de poulets, de brioches ! Un vrai festin en perspective. Mais à la vue de notre invité surprise, papa et maman se sont figés d'étonnement.

Alors Léonie leur a présenté Irn.

— C'est Irn, a-t-elle dit. Un ami écossais. Il est venu nous demander d'être garçon d'honneur à notre mariage !

— *Oh, good!* s'est écrié papa. *Hello!*
— *Very good!* s'est exclamée maman. Très bien! *How do you do?* Comment allez-vous?
Irn a répété:
— *How do you do?*
Pour se moquer, Jérôme a continué:
— Allez, encore un coup! On ne s'en lasse pas! *How do you dou*-zaine de fois?
Papa lui a jeté un regard sévère et Jérôme a compris qu'il valait mieux arrêter de faire l'andouille.
Maman a apporté l'apéritif. Irn a redemandé une « douce boisson ». Je ne me lassais pas de cette expression! Je l'ai resservi et me suis assise sur le canapé, près de lui. Tout le monde parlait. Je me sentais dans une sorte de brouillard.

Et voilà. Irn était là. Pas à cause de ma lettre, mais grâce à celle que lui avait envoyée Léonie. Il était là, mais Léonie allait tout de même se marier avec JD. Je me sentais terriblement fatiguée.

Notre belle ruse n'avait servi à rien. Rien du tout. Je regardais JD, je regardais Irn, je regardais Léonie... et je ne comprenais décidément rien à l'amour...
Comment avait dit Irn tout à l'heure ?
Ah, oui : « L'amour n'est pas débatable, ni disputable... Indoutablement... »
J'ai résolu d'écrire cette phrase sur l'un de mes petits carnets secrets, pour ne jamais l'oublier. En attendant de comprendre quoi que ce soit à l'amour, je profitais de la présence d'Irn Lessing de Stirling, là, si près de moi.
J'approchai timidement, imperceptiblement, millimètre par millimètre, ma joue de son épaule. Quand je fus tout contre, un instant, je ne bougeai plus. Heureuse. Au plus léger de ses mouvements, la laine un peu rêche de son pull me caressait la joue.
Maman a invité Irn à déjeuner.
Mais il a dit :
— Non merci. J'étais venu informellement, juste pour dire bonjour à Léonie tombée en amour...

Léonie tombée en amour ! Encore une phrase à écrire vite fait dans mon petit carnet à secrets...

On a tous accompagné Irn à la porte. Léonie l'a embrassé, JD lui a serré la main, papa et maman criaient : « *Bye bye.* » Moi, je me dandinais d'un pied sur l'autre, ne sachant que faire, que dire, un petit sourire idiot collé sur la figure... J'aurais voulu encore une fois frôler son épaule de ma joue...

Il m'a embrassée – moi aussi, naturellement –, a ébouriffé un peu mes cheveux roux en disant :

— Lou semble une réelle petite Écossaise, vraiment...

Tout le monde m'a regardée et je me suis sentie rougir.

Irn s'est éloigné. Au coin de la rue, il a agité encore une fois ses grands bras. Il riait et s'est exclamé bizarrement : « *My arms ! My arms !* » avant de disparaître tout à fait.

9

QUELQUES JOURS plus tard, à mon anniversaire, maman m'a offert un dictionnaire d'anglais.

L'air un peu emprunté, j'ai murmuré :

— Merci beaucoup.

— Eh bien, a dit Léonie, un peu moqueuse, maintenant que tu as le tien, tu n'auras plus besoin de venir dans ma chambre à tout bout de champ pour m'emprunter le mien...

Indoutablement, indisputablement... Ça me faisait une excuse en moins pour aller fouiller la chambre de Léonie.

— Ouvre-le, a dit papa. Cherche un mot, qu'on voie si tu sais t'en servir...

— Bien sûr que je sais, ai-je grogné, je ne suis

pas analphabète. Je l'ai ouvert aux premières pages, à la lettre A.
Le premier mot qui m'a sauté aux yeux c'était ARM !

En un éclair, j'ai revu la petite écriture fine d'Irn Lessing. « *Let me put my arms around you.* » Laisse-moi déposer mes armes autour de toi.
La gorge serrée, j'ai lu :
— ARM. Nom = BRAS.
J'ai eu un léger blanc de stupeur dans le cerveau.
J'ai relu.
— *Arm*. Nom = bras !
— Oui, on a compris, a dit papa légèrement

moqueur. Mais je suppose qu'il y a d'autres mots tout de même, dans un dico de ce prix-là !

Je ne l'écoutais plus... Si ARMS signifiait bras, alors jamais, au grand JAMAIS, Irn Lessing de Stirling n'avait promis à Léonie de venir poser ses ARMES autour d'elle. *La* belle image de ma sœur tout entourée de glaives, d'épées et de poignards était tout droit sortie de mon imagination.

C'est de ses BRAS qu'Irn Lessing voulait entourer Léonie.

Il n'avait jamais eu que ses bras pour la conquérir. Ses grands bras qu'il agitait en riant quand Jérôme lui avait demandé : *« Where are your arms ? »* Ses grands bras inutiles, qu'il agitait encore follement en nous quittant...

J'ai poussé un soupir et ai tâché de me chasser de l'esprit l'image d'Irn entourant Léonie de ses grands bras.

C'était une image que je n'aimais pas.

Un peu de temps a passé. Le jour du mariage de Léonie est arrivé.
Irn aussi. Habillé en écossais. Comme dans le film *Quatre Mariages et un Enterrement*.
J'ai vu que cela ne plaisait qu'à moitié à Léonie et à JD.
Irn m'a fait un clin d'œil. Il l'avait fait exprès. Une toute petite vengeance. Sur les photos, on ne verrait que lui, tout en couleurs vives sous ses cheveux de cuivre et d'or.
À l'église, quand on a demandé à Léonie : « Désirez-vous prendre Jean Dupont pour époux ? », un instant j'ai eu peur. Je ne savais pas si j'avais peur pour elle, pour moi, ou même pour toutes les filles du monde à la fois. Le battement de mon cœur est resté suspendu.
Léonie a dit « oui » d'une petite voix étouffée et mon cœur s'est remis à battre à toute allure. C'est à ce moment-là, quand elle a prononcé ce tout petit « oui » qui n'avait l'air de rien du tout, que, soudain, j'ai senti qu'aujourd'hui, j'aimais vraiment Léonie.

De tout mon cœur, je lui ai souhaité, en silence, beaucoup de bonheur.
Cette fois, c'était vraiment arrivé. Léonie était mariée. Irn, son *best man,* est revenu s'asseoir près de moi.
Il semblait ému. Il a senti que je le regardais.
Il m'a regardée aussi. On s'est souri.
Tout le monde s'est mis à chanter. Irn et moi aussi qui tenions entre nous deux le même livre de chants. Il m'a semblé que mon cœur chantait encore plus haut que ma voix.
Millimètre par millimètre, j'ai approché ma joue de son épaule. Quand elle l'a touchée, je n'ai plus bougé. Je me sentais sur un petit nuage. Au septième ciel.
Irn n'était plus l'amoureux de Léonie maintenant. Irn pouvait maintenant tomber amoureux de toutes les autres filles du monde.
Même de moi.

Table des chapitres

HUMOUR
CADET / DÈS 8 ANS

Évelyne Brisou-Pellen
LE GRAND AMOUR DU BIBLIOTHÉCAIRE
LE MONSTRE DU CM1
illustrés par Véronique Deiss

Achim Bröger
BON VOYAGE, FLOCKI !
JOYEUX NOËL, FLOCKI !
BON ANNIVERSAIRE, FLOCKI !
illustrés par Gisela Kalow

Claude Carré
MISSION PLANÈTE BLEUE
illustré par Christophe Merlin

Jean-François Chabas
BARBAK L'ÉTRANGLEUR
Prix Tatoulu 1999
PAUVRE ALFONSO !
illustrés par Christophe Besse

Stéphane Daniel
LE SECRET DE MONSIEUR VERLAN
Prix des Incorruptibles 1996
illustré par Jean-Marie Renard

Sophie Dieuaide
UN AMOUR DE COUSINE
Prix des écoliers de Montreuil-sur-Mer 1999
illustré par Sophie Toussaint

Didier Dufresne
MILLE SAPINS !
illustré par Bill Marshall

Rachel Hausfater-Douïeb
GIGI EN ÉGYPTE
illustré par Bruno Gibert

Jo Hoestlandt
LES AMOUREUX DE LÉONIE
Prix de la lecture à deux voix 1998
illustré par Sophie Toussaint

Fanny Joly
FOUS DE FOOT
Tam-Tam « J'aime lire » Montreuil 1995
Prix des Enfants, forum du livre de Bailly 1995
Prix des écoliers de Montreuil-sur-Mer 1996
Prix du roman jeune de la ville de Laval 1998
Prix Lire-Élire de l'Ardèche 1999
Prix Lire-Élire de Fontenay-sous-Bois 2001
Prix littéraire des Petits Jules, Aulnoy-lez-Valenciennes 2001
ALERTE AUX CHOUQUETTES !
Prix des enfants de Montmorillon 1998
NE M'APPELEZ PLUS JAMAIS GROCHOUCHOU
Prix Graines de lecteurs de Billère 1999
LA GRANDE MÉCHANTE LOU
LA GRANDE MÉCHANTE NOUNOU
LE GRAND MÉCHANT FOU
illustrés par Christophe Besse

Jérémy Piquomble
DES CANARDS DANS UN PANIER DE CRABES
UN OS DANS LE CASSOULET
CROISIÈRE AUX PETITS OIGNONS
illustrés par Jean-Marie Renard

Alain Serres
UN MENU ENFANT POUR ZAZA PESTOUILLE
illustré par Véronique Deiss

Ian Whybrow
50 JOURS POUR DEVENIR
PARFAITEMENT MÉCHANT
50 JOURS POUR DEVENIR UN VRAI DUR
3 JOURS POUR FAIRE TREMBLER UN FANTÔME
15 JOURS POUR RÉPONDRE AUX TIMBRÉS
43 JOURS POUR DEVENIR
UN PARFAIT DÉTECTIVE
PETIT LOUP CHEF DE BANDE
illustrés par Tony Ross

Le catalogue de la collection « Romans » est disponible
chez votre libraire ou sur une simple demande.

casterman

36, rue du Chemin-Vert 75545 Paris cedex 11

www.casterman.com

Conception graphique : Claude Lieber

ISBN 2-203-12925-5

Imprimé en Belgique par Campin 2000, Tournai. Dépôt légal : août 2003; D. 2003/0053/379
Déposé au ministère de la Justice, Paris
(loi n° 49.956 du 16 juillet 1949 sur les publications destinées à la jeunesse).